Michèle Roten

Eins

Eine Geschichte in sechs Teilen

Echtzeit Verlag

Herr Oberholzer

Der Affe hat es schon wieder getan. Er hat den Verschluss der Flasche geöffnet, den Strohhalm in die Flasche gesteckt, dann den Strohhalm aus der Flasche genommen und ihn sich in den Mund gesteckt und dann wieder in die Flasche. Ich hasse es, wie sich seine Affenlippen zu einer Rosette formen, wenn sie sich dem Strohhalm nähern. Jetzt sitzt er vor mir auf dem Tisch und guckt mich an. Mir bleibt nichts anderes übrig, ich trinke, ich bin durstig. Man kann mit einem Affen ja nicht diskutieren. Ich fixiere ihn, während ich trinke.

Er schaut. Er sitzt ruhig. Ab und zu fasst er den Strohhalm an, mit seinen Affenhänden, die sich wie eigenständige Tiere bewegen; ich weiss nicht, warum er den Strohhalm immer wieder anfasst, vielleicht versucht er ihn tiefer in die Flasche zu stecken. Was nicht geht. Was nett gemeint wäre. Kann man bei Affen von «nett gemeint» sprechen? Kann man bei Affen nach dem Warum fragen? Dann kratzt er sich. Er kratzt sich ständig. Irgendwo. Fasst wieder den Strohhalm an.

Einmal in der Woche kommt die Tiertrainerin, um nach dem Rechten zu schauen. Sie hat Haare wie Schamhaare, einen lodernden Busch auf dem Kopf, und sie trägt immer, immer, immer das Gleiche, eine blaue Fleecejacke und braune Cordhosen, die an den Innenseiten, dort wo die Oberschenkel aneinanderreiben beim Gehen, ganz speckig sind und nicht mehr gerippt, blankgescheuert. Jedes Mal, wenn ich ihr erzähle, dass der Affe sich den Strohhalm ständig in den Mund steckt, dass er ihn ständig ableckt, sagt sie, aber Herr Oberholzer ... das hatten wir doch schon letztes Mal. Wenn sie dabei ist, tut ers nämlich nicht. Natürlich nicht. Sie sagt: Chip ist einer unserer Besten. Sagt: Keiner lernt so schnell wie Chip. Gäll, Chip. Und dann macht Chip irgendetwas Süsses. Zumindest findet sie das. Chip. Was für ein beschissener Name. Soll wohl nach lustigem Kerlchen klingen? Chip ist der beschissenste Name überhaupt für einen Affen. Für mich ist er einfach der Affe. Ein Affe hilft mir zu überleben. Ein Affe hält mir den Telefonhörer ans Ohr. Ein Affe öffnet die Tür, wenns klingelt. Ein Affe blättert die Buchseiten um, wenn ich lese. Ein Affe wechselt den grün-durchsichtigen Sack, in dem sich meine Kacke ansammelt, den Kacksack.

Ich hab mal einen Dokfilm gesehen über Affen und wie sie mit Grashalmen Termiten oder so was aus einem Haufen fischen. Sie stecken den Grashalm in den Haufen, die Tierchen klammern sich daran, dann leckt der Affe den Grashalm ab. Vielleicht hat das, was mein Affe macht, damit zu tun. Obwohl er ja nie in Freiheit war, soviel ich weiss. Vielleicht ist das ein angeborener Instinkt, der Affen sagt: Steck im Zweifelsfall irgendwas Langes, Dünnes irgendwo rein und lecks dann ab. Was bedeuten würde, dass diese Termitentechnik gar keine Schlauheit beziehungsweise Fähigkeit zur Problemlösung ist. Dass Affen aber durchaus lernen können, zumindest rudimentär, kann ich ja wohl als Letzter bestreiten. Nein, der Gedanke führt nirgends hin. Jetzt nur nicht darüber nachdenken, warum sich eigentlich die Termiten am Grashalm festklammern.

Das mit dem Affen ist ein Testprojekt der Universität. Sie sagen, es geht darum, die Lernfähigkeit von Primaten zu untersuchen, vor allem, was die Interpretation verbaler Befehle und der menschlichen Mimik angeht. Es trifft sich wirklich ganz traumhaft, was anderes bleibt mir ja nicht mehr. Ich habe eingewilligt, weil mir der Gedanke, ständig einen Menschen um mich herum zu haben, noch unangenehmer war als die Vorstellung, von einem Affen abhängig zu sein.

Ich bin kein Misanthrop. Ich weiss, man muss Menschen mögen, und man muss viel Spass haben und immer so glücklich sein wie irgend möglich. Es ist wirklich nicht so, dass ich Menschen nicht mag. Mir behagt bloss der Gedanke nicht, so oft nicht alleine zu sein. Die Anwesenheit eines anderen Menschen, seinen Geruch, seine Geräusche, das ganze Leben, das er mit sich herumträgt, das vertrage ich nur in genau bemessenen Dosen. Und vor allen Dingen: das Reden. Ich könnte wohl von keinem Menschen erwarten, nicht ab und zu mal was zu sagen, irgendwas, wenn er oder sie bei mir in der Wohnung herumwuselt. Sachen, die Menschen so sagen, obwohl sie nicht gesagt werden müssen, einfach, um mal wieder so ein Echolot-Signal in die grosse Leere um einen herum zu schicken, um zu sehen, dass da doch noch jemand ist, an dem das Echolot abprallt und wieder zu einem zurückkommt. Es strengt mich über die Massen an, in einer angemessenen Weise auf solche Echolot-Signale zu reagieren, also sinnvoll, denn ich will ja niemanden brüskieren, und gleichzeitig so sackgassig, dass sich kein weiteres Gespräch daran anknüpfen lässt; und weil ich also von niemandem verlangen kann, dieses Echolotieren zu unterlassen, nur weil es mich so anstrengt und nicht interessiert, ist mir ein Affe lieber.

Es wäre dramaturgisch sehr schön, wenn ich irgendeine Geschichte erzählen könnte über mein Unglück, über die

Tragödie meines Lebens, was ich vor dem Unfall für ein Abenteurer war, ein Lebensversessener, ein Getriebener, ein Suchender. Tatsache ist: Das war nicht so. Ich war schon immer relativ uninteressiert am Leben, und man sollte nicht annehmen, dass sich dann das Leben für einen interessiert. Es interessiert mich auch jetzt nicht, bloss dass es jetzt nicht nur uninteressant, sondern auch noch beschwerlich ist. Beschwerlich? Schwieriger halt.

Manchmal laust mich der Affe. Es ist ganz angenehm. Die Tierpflegerin sagt, das sei ein gutes Zeichen. Dass er mich möge, mich als seinesgleichen ansehe und akzeptiere.

Dass ich in einem Rollstuhl sitze und nichts dagegen tun kann, dass ein Affe auf mir rumklettert, das kommt so. Alle sind immer ganz begierig auf die Geschichte. Unglück ist erregend. Wie diese Stories in READER'S DIGEST: «Wie ich den Krebs besiegte.» «Fünf Nächte in der Eishölle.» «Mein Baby lag blau im Bett.» Huuu.

Also: Es war einfach ein Versehen. Ein Bekannter wollte einen Witz machen, als ich auf dem Geländer in der Uni sass und eine Zigarette rauchte, über dem Lichthof, dritter Stock, etwa 10 Meter. Er wollte mich also erschrecken und so tun, als schubse er mich runter, und hats aus Versehen tatsächlich getan. Seither bin ich querschnittgelähmt, vom fünften Wirbel an abwärts.

Normalerweise denkt man ja, dass solche Schicksalsschläge irgendeine Bedeutung haben. Dass sie jemand Bestimmten treffen, aus irgendeinem bestimmten, natürlich nicht rational nachvollziehbaren Grund, aber irgendwie werden diese Personen doch als auserwählt angesehen. Vom Schicksal auserwählt, auserwählt oder ... zumindest wahrgenommen. Bei mir nun war es eine Unaufmerksamkeit des Schicksals. Das Schicksal hat geschludert. Normalerweise hätte es sich einen Scheiss für mich interessiert.

Ich stand kurz vor dem Liz, als es passierte. Biologie. Ich war in der Schule immer sehr gut in Biologie. Nicht, dass ich viel dafür getan hätte. Ich war einfach gut. Da lag es irgendwie nahe, nach der Matura Biologie zu studieren, ich weiss nicht, ich hab nicht viel darüber nachgedacht, es hat sich so ergeben. Das hab ich auch den Leuten gesagt, die mich gefragt haben, warum Biologie, und ob ich danach in die Forschung wolle oder Lehrer werden oder was auch immer: Es hat sich halt einfach ergeben. Wahrscheinlich hätte sich danach auch irgendein Beruf ergeben. Aber es hätte sich auch einfach ergeben können, dass ich Pizzakurier geworden wäre. Das wäre vollkommen in Ordnung gewesen für mich.

Seine Affenlippen, wie er sie bewegt, ungeschickt, er probiert sie aus, als ob er sie neu hätte. Wie er da rumsitzt und zwinkert und schaut. Wie er mich anschaut. Wir sitzen stundenlang so da und schauen uns an. Ob er sich dabei auch so blöd vorkommt wie ich? Kann sich ein Affe blöd vorkommen?

Nicht, dass ich ein freudloses Leben gehabt hätte. War alles gut. Aber ich lebte es mehr aus Gewohnheit. Man hatte mir mal beigebracht, dass man essen muss und trinken, dass man nach links und nach rechts schauen muss, bevor man die Strasse überquert, all die Routinen, die uns am Leben halten. Unbewusst. In den ganzen Frauenzeitschriften steht immer: Leben Sie bewusster! Essen Sie bewusster! Relaxen Sie bewusster! Ja, ich lese Frauenzeitschriften. Das klingt jetzt richtig traurig, aber: Ich habe das Gefühl, dem weiblichen Geschlecht nie mehr näher zu kommen als das. Und wenn ich so darüber nachdenke, bin ich dem weiblichen Geschlecht wohl auch in meiner aktiven Vergangenheit nie näher gekommen als bis zur Intimität dieser Frauenzeitschriften.

Nun, jedenfalls: Genau das tat ich eben nicht, bewusst leben. Und, ganz ehrlich, so schlecht ist das gar nicht. Wer unbewusst lebt, kann nur positiv überrascht werden. Wer keine Wünsche und Ziele und all die anderen Begehrlichkeiten, Triebe, Vorstellungen davon, wie es sein sollte, wer das alles nicht hat, der kann nicht enttäuscht werden, kann nichts vermissen, kann nicht leiden. Ich konnte durchaus Freude empfinden, Lust, Vergnügen, aber wenn diese Gefühle vorbei waren, waren sie halt vorbei, es war mir egal, ich sehnte mich nicht danach, wieder so zu empfinden, wieder so etwas zu erleben; wenn es denn wieder passieren sollte, war das schön, wenn nicht, egal.

Ich lebte auch aus Bequemlichkeit, ein Selbstmord wäre mir zu anstrengend gewesen. Und zu pathetisch, eine zu grosse Geste.

Mein einziges Problem ist die Langeweile. Das Leben hat mich jetzt endlich so weit, dass es meine Aufmerksamkeit kriegt. Indem es mich zu Tode langweilt.

Ein Lichtblick ist die Pflegerin, die viermal in der Woche kommt. Meine Güte, das klingt ganz schrecklich abgelutscht, ist halt aber so. Es gibt ja auch nicht viele andere Leute, die zu mir kommen und ein Lichtblick sein könnten. Ausser der Pflegerin ist da ja nur noch die Affenfrau, der Arzt und der Krankenschwester, dieser dickliche Mann mit dem Kindergesicht. Der Krankenschwester ist wahrscheinlich der netteste Mensch auf der Welt, aber ich kann ihn nicht ausstehen, und ich glaube auch sonst niemand, und das tut mir ein bisschen leid.

Die Pflegerin nun ist eigentlich gar keine, sie ist was anderes, ich hab keine Ahnung, was. Aber für das, was sie bei mir macht, braucht man ja keine spezielle Ausbildung, man braucht ja eigentlich für das wenigste eine spezielle Ausbildung, ausser man ist wirklich sehr dumm. Mein Vater hat die Pflegerin organisiert. Sie macht das Futter für den Affen bereit und das Essen für mich. Bringt die Getränke, bringt Bücher, bringt DVDs, zahlt Rechnungen, solche Sachen. Sie heisst Anna.

Die Pflegerin ist sehr dünn, ich würde gern mal ihre Schultern anfassen. Ich stelle mir das Gefühl vor, vorne, mit den Fingern die Schlüsselbeinknochen zu spüren, in der Handfläche die spitzen Schulterknochen, hinten, mit dem Daumen das Schulterblatt. Aber das geht ja nicht. Sie hat braunes Haar, kinnlang geschnitten, und sie streicht sie nie hinter die Ohren. Vielleicht hat sie hässliche Ohren. Das glaube ich aber nicht. Ich glaube, sie hat grosse, weiche, flaumige Ohren, und wohlgeformt. Obwohl sie so dünn ist, richtig dürr, hat sie schöne, runde Brüste. Und ein Eskimo-Gesicht.

Als sie das erste Mal zu mir kam, streckte sie mir die Hand entgegen, und erst, als ich irgendwann, nach einer wirklich ziemlich langen Zeit, in der ihr Arm blöd in der Luft lag, eine lächerlich lange Zeit, in der mir mein nutzloser Körper so bewusst wurde wie vielleicht noch nie, eine

Zeit, in der ich mir sogar irgendwann ernsthaft überlegte, ihr wenigstens auf die Hand zu spucken, das schien mir noch angebrachter, als dass diese Hand einfach unverändert und unbegrüsst wieder zurückgezogen würde, also erst als ich sagte: Geht nicht, zog sie sie wieder zurück und zuckte die Schultern. Es schien ihr überhaupt nicht peinlich zu sein. Vielmehr sah es aus, als ob sie das als einen unhöflichen Schnitzer meinerseits verbuche. Dass ich ihr die Hand nicht gebe. Oder vielleicht versuchte sie ja, mich zu überlisten. Meine Schein-Querschnittgelähmtheit aufzudecken, indem ich aus Reflex einfach nach dieser Hand greife, oh, hoppla, erwischt. Ich habe keine Ahnung. Aber seit dieser Szene mag ich sie sehr. Vielleicht mehr, als ich sonst je einen Menschen mochte.

Ich weiss nicht, ob sie mich mag. Ich weiss: Sie mag den Affen nicht besonders. Sie schenkt ihm kaum Aufmerksamkeit, und wenn doch, dann behandelt sie ihn eher wie einen dummen Menschen als wie ein Tier.

Manchmal reden wir. Meist während sie meine Extremitäten bewegt, damit sie nicht steif werden. Neulich spielte sie mit mir, machte Flugbegleiterinnen-Bewegungen mit meinen Armen und säuselte dazu diese Flugbegleiterinnen-Sätze: Die Notausgänge finden Sie entlang der leuchtenden Markierung auf dem Boden. Und so weiter. Mir fiel lange nichts ein, was ich dazu hätte sagen können. Es war angenehm, zuzuschauen, wie meine Arme sinnvolle Bewegungen machten. Trotzdem hatte ich irgendwann grösste Lust, sie bei den unbekannten Ohren zu packen und ziemlich grob zu schütteln. Das sagte ich ihr auch. Sagte: Ich hätte grösste Lust, dich bei den Ohren zu packen und ziemlich grob zu schütteln. Sie lachte.

— Tus doch.
— Ich denke noch ein bisschen drüber nach.

Dann waren meine Beine dran. Sie machte Tanzbewegungen mit ihnen, summte irgendeine Melodie dazu. Machte sie laufen, rief leise: Run, Forrest, run!, hörte aber schnell wieder damit auf, denn es funktionierte nicht richtig, denn meine Beine sind, obwohl inzwischen dünn wie Arme, wohl doch ziemlich schwer. Ich muss immer lachen, wenn ich meine nackten Beine sehe und die geschrumpften Tätowierungen darauf. Ich hab mal eine Weile über einem Tätowiershop gewohnt, und nachdem ich mit den Leuten im Sommer ab und zu ein Bier getrunken habe vor dem Laden, liess ich mir mal was stechen. Es wurden dann ganz schön viele Tattoos mit der Zeit, sie gefallen mir ziemlich gut, ich wollte nie welche.

Dann legte sie den Knöchel meines rechten Beines auf das linke Knie, es ergab sich diese bequeme Macker-Haltung, man nimmt viel Platz ein, die Genitalien haben Luft, es hat so etwas Abwartendes, Selbstsicheres. Prompt sagte ich: Hast du eigentlich einen Freund?, und ärgerte mich über meine Plumpheit. Nein, sagte sie. Dann ordnete sie meine Beine zum weiblichen Pendant der Macker-Haltung, überkreuzt, Schwanz und Eier zerquetscht. Ich weiss nicht, sagte sie. Ich wusste nicht, was ich darauf hätte sagen können, und sagte also nichts.

Ich mag die Gespräche mit ihr wirklich.

Ich würde am liebsten ständig über Sex reden mit ihr, aber ich versuche es nicht zu tun. Dieses Bild vom Krüppel, der seinen Trieb ins Orale, in seinen Kopf verlegt, widert mich an. Es ist ja auch nicht so, dass es mich erregt oder dass ich irgendwie geil bin oder so. Nein, das ist weg. Es interessiert mich bloss. Lustigerweise interessiert mich Sex erst jetzt, da ich nie mehr welchen haben werde. Es hat wahrscheinlich mit ihr zu tun. Ich habe das Gefühl, mit ihr über solche Sachen reden zu können, mehr noch, fast zu müssen, es scheint ganz natürlich, es bietet sich an, und das, obwohl sie weder der mütterliche, viel zu verständnisvolle Typ ist, der Typ Aufklärungsunterricht, noch die übersexuelle Pornoschlampe. Sie ist kindlich und doch so erwachsen, wie man es jemals werden kann. Albern und vernünftig. Spröde und sexy.

Manchmal denke ich, eigentlich ist sie doch meine Freundin. Schliesslich hat sie einen Schlüssel zu meiner Wohnung, kommt regelmässig und selbstverständlich vorbei, verbringt Zeit mit mir, fasst mich an, ich weiss, dass ich einen festen Platz habe in ihrem Leben. Ist eine Beziehung denn viel mehr als das?

Als sie mich in attraktivere Haltungen formte als dieses gottergebene Gelähmtending mit den traurigen Schnittlauchbeinen und den schlappen Armen, sagte sie irgendwann: Und das tut wirklich überhaupt nicht weh? Ich schaute runter und sah, dass sie meine Beine irgendwie miteinander verknotet hatte, es sah ungesund aus und nach Yoga und auch, ja, schmerzhaft, aber das war es natürlich nicht. Ich sage: Nein.

— Schon schräg.
— Total.
— Ich meine: Ich tu dir weh, und du merkst es gar nicht.
Ich sagte, so salbungs- und würdevoll, wie das möglich

ist, wenn man mit verknoteten Beinen im Rollstuhl sitzt, und leicht lispelnd: Meinst du, Schmerz existiert, wenn niemand ihn fühlt?

Sie kicherte. Wir schauen ab und zu so eine Philosophiesendung im Fernsehen.

— Nichts?

Sie kniff mich so fest in den Arm, dass ihre Knöchel weiss hervortraten.

— Nichts.

Ich war ein bisschen stolz.

Bald wird sie kommen, es ist 15 Uhr. Sie kommt immer gegen 15 Uhr. Ich beobachte mit Unbehagen, wie ich sie zu erwarten beginne. Eben: Früher habe ich die Vergangenheit immer sogleich wieder hinter mir wegradiert. Und die Zukunft existierte einfach noch nicht. Keine Sehnsüchte, keine Hoffnungen, keine Zeit ausser dem Jetzt. Und jetzt sitze ich da und warte auf die Pflegerin, nachdem ich mein tägliches Training mit dem Affen beendet habe.

Training kann man das eigentlich auch nicht nennen. Ich versuche bloss, ihn dazu zu bringen, dass er mich umbringt. Ich will ihm beibringen, mich umzubringen. Aber der blöde Affe ist einfach zu blöd dazu.

Zuerst wollte ich, dass er mir einen Plastiksack über den Kopf stülpt und mich erstickt. Ich hab den Laserpointer, den ich mit meinem Mund bedienen kann, auf die H&M-Plastiktüte gerichtet, die in einer Ecke lag. Der Affe ist prompt hingewackelt, hat den Sack genommen, reingeschaut, ihn geschüttelt, und als nichts herauskam, ist er wieder zu mir gewackelt. Gibt es ein besseres Wort als wackeln für den Gang eines Affen? Ich hab wieder darauf gelasert, er schaute mich etwas verwirrt an; können Affen verwirrt schauen? Dann ist er wieder hingegangen, wieder das gleiche Spiel, dann hat er sich hingesetzt und sich die Tüte über den Kopf gestülpt. Ich bin in zustimmendes Geheul ausgebrochen, ja! guter Affe, genau so, ganz genau so, und jetzt komm her, Affe, Aff, Aff, na los, komm her, und mach das Gleiche bei mir. Der Affe zog sich den Sack vom Kopf und greinte mich an und stülpte sich den Sack wieder über. Ich lobte ihn wieder herzlich, ich nannte ihn sogar Chip. Das ging noch eine Weile so. Irgendwann kam er mit dem Sack zu mir und setzte sich auf meinen Schoss. Ich ermunterte ihn, so nett wie es nur ging, aber er hat nie gecheckt, dass er mir den Sack überstülpen sollte und nicht sich. Dummes Tier. Wahrscheinlich ist er dumm genug, sich irgendwann selbst umzubringen.

Mein nächster Versuch wird sein, ihn darauf abzurichten, den Strohhalm in die Flasche mit Putzmittel zu stecken, aber die steht im Schrank. Das wird ein Ding.

Ab und zu küssen wir uns. Wenn er auf mir drauf sitzt, forme ich meine Lippen zu einer Rosette und er auch, und dann küssen wir uns. Ab und zu reibt und ruckelt er sich an mir, der Affe, die Sau, aber es ist okay, ich spürs ja nicht, ich weiss es bloss.

Sie kommt. Ich höre ihre Schritte im Flur. Ich höre ihren Schlüssel im Schloss. Ich stelle mir ab und zu vor, wie es wäre, wenn eingebrochen würde. Ich stelle mir vor, wie der Einbrecher in aller Seelenruhe meine Sachen durchsucht, während ich dasitze und der Affe auf mir, wir schauen zu. Der Einbrecher trägt eine schwarze Sturmmütze. Ich sage nichts. Als er mich fragt, wo die Wertsachen sind, sage ich nichts. Er bedroht mich, ich habe keine Angst, wovor auch. Vielleicht bedroht er auch den Affen, sagt, er tue ihm etwas an, wenn ich nicht sage, wo die Wertsachen sind, ich weiss nicht, was ich dann tun würde. Das müsste ich spontan entscheiden.

Ich drehe die Musik leiser. Ich höre klassische Musik, was für ein Klischee. Früher mochte ich Hiphop, aber es fühlt sich wirklich absolut bescheuert an, Hiphop zu hören, wenn man gelähmt ist.

Sie kommt rein, ein bisschen Schnee auf der schwarzen Jacke, auf der schwarzen Mütze. Rote Nase, rote Backen, sie sieht aus wie ein kleiner Junge und sagt: Sie haben jetzt die Beleuchtung eingeschaltet in der Bahnhofstrasse. Was wünschst du dir zu Weihnachten?

— Zwei Sachen.
— Was denn?
— Das eine kann ich dir nicht sagen, und das andere kann ich dir auch nicht sagen.

Ich wünsche mir, dass mich der blöde Affe endlich umbringt. Hat inzwischen schon mehr mit pädagogischem Ehrgeiz zu tun als mit Todessehnsucht.

Und ich wünsche mir, sie mal zu lecken. Ich stelle mir vor, wie sie mich aufs Bett hievt. Zuerst fährt sie den Rollstuhl ans Fussende, mit dem Rücken zum Bett. Dann kippt sie mich nach hinten, die Räder arretiert, damit ich nicht wegrolle. Dann klettert sie hinter mich aufs Bett, fasst mich unter den Schultern, stemmt mit den Beinen gegen den Rollstuhl, der wegrutscht, ich hänge mit dem Oberkörper auf dem Bett, die Beine noch im Rollstuhl, der auf dem Boden liegt. Dann muss sie mich nur noch ganz aufs Bett ziehen, ich glaube, sie hätte genug Kraft dafür.

Und dann setzt sie sich auf mein Gesicht.

Es wäre so schön, mal wieder etwas zu bewirken, und sei es nur ein Orgasmus.

Ich frage: Hast du noch was vor heute Abend?

— Erst später.
— Pizza und Fernsehen?
— Ja.
— Hats noch Pizza?
— Ich schau nach.

Aus der Küche ruft sie: Hawaii, Funghi und Quattro Stagione.

— Funghi!
— Hawaii.

Ich höre, wie sie den Ofen einstellt, es piepst. Sie kommt zurück.

— Möchtest du eigentlich mal raus hier?
— Wie, raus.
— Einen Spaziergang machen. Einen Ausflug. Ins Kino. An eine Party.

Ich muss lachen, als ich mir vorstelle: Ich in einem Club. Wie sie mich die Treppen der ZUKUNFT runterbugsieren. Es gibt Probleme mit den beiden Türen, dem Rollstuhl, wahrscheinlich klemmt sich irgendwer irgendwas ein. Irgendwann bin ich in einer Ecke des Clubs, jemand hält die Zigarette für mich, gibt mir ab und zu einen Schluck Bier zu trinken. Die Leute tanzen, und sie schreien sich Sachen zu und die, die sich für cooler halten, nerven sich über die, die sie für weniger cool halten, und sie baggern sich an, und sie erwarten irgendwas von der Nacht und wissen nicht was. Eine junge Frau, die sich mit mir unterhalten hat, ganz so, als ob sie nicht bemerken würde, dass ich gelähmt bin und im Rollstuhl sitze, will ganz ungezwungen und unkonventionell sein und setzt sich mir auf den Schoss. Der Kacksack platzt. Es gibt eine Sauerei, und irgendjemand rutscht auf der ganzen Scheisse aus und bricht sich was.

— Verpasse ich denn viel hier drin?
— Nein. Oder doch, ja. Nein, eigentlich nicht.
— Welches Erlebnis in der letzten Zeit hättest du wirklich nicht verpassen wollen?

Sie denkt nach. Sie tut nichts, während sie nachdenkt. Sie zwirbelt keine Haare, sie zieht nicht die Augenbrauen hoch, sie schürzt nicht die Lippen, nichts, nichts.

Anna

Als ich mal geweint hab, auf offener Strasse, weil ich etwas richtig Dummes gemacht hab, etwas wirklich richtig Dummes, und eine Frau kam mir entgegen, und sie drückte mich an ihren warmen, fremden Busen und strich mir übers Haar und sagte: He, he, he. He. He. Das ist aber schon etwas länger her.

Wie ich letzte Woche mit einem Freund betrunken durch die Langstrasse fuhr, auf meinem Fahrrad, er hat behauptet, er hätte noch nie zu zweit auf einem Fahrrad gesessen, und fuhr ganz langsam, sehr, sehr langsam, und er machte ängstliche kleine Geräusche, und ich konnte nicht mehr vor Lachen. Ich weiss nicht mehr so genau, was ich daran so lustig fand, aber ich fand es wirklich sehr lustig in dem Moment.

Oder als ich mit ihm gespielt hab. Oder als wir das letzte Mal diese bescheuerte Philosophiesendung geschaut haben. Aber das kann ich nicht sagen, das würde wie eine nette Lüge klingen.

Als ich mit meinem Nachbarn Ich-seh-etwas-was-du-nicht-siehst gespielt hab.

Oder der eine Kunde, der gut aussehende Ältere, der einen ganzen Raum nur für Sex eingerichtet hat, mit allem Drum und Dran, auf so eine Schaukel wollte ich schon immer mal, er sagte: Und das ist mein Hobbyraum, als er die Tür im Keller öffnete. Mein Hobbyraum!

Herr Oberholzer

— Als neulich eine Frau ihren Freund geohrfeigt hat, mitten in der Bar.
— Was war so gut daran?
— Es war echt. Sie war richtig wütend. Sie hat richtig zugeschlagen. Hat ihm wohl auch richtig wehgetan. Da denkt man, man ist so gewöhnt an Gewalt, hat ja alles und viel mehr schon tausendmal im Fernsehen gesehen, aber wenns wirklich passiert, in der Wirklichkeit, in der Bar, bleibt die Zeit kurz stehen.

Ich hätte das auch gern gesehen. Sie sagt: Ich schiebe mal die Pizza in den Ofen, und geht raus. Der Affe schläft. Affen sehen ziemlich niedlich aus, wenn sie schlafen.

Sie kommt zurück. Sagt: Oder neulich im COOP. Die eine Kassierin, Frau Rechsteiner, sie ist immer da, eine etwa fünfzig Jahre alte Frau, ein bisschen, nun ja, zurückgeblieben irgendwie, keine Ahnung, oder einfach nur sehr, sehr eigenartig. Aber nett und extrem engagiert in ihrem Beruf. Dem Kassieren im COOP. Sie macht ein kleines Buckelchen und ist immer sehr freundlich, superprofessionell-freundlich. Ich glaube, sie nimmt das wirklich sehr ernst, ihre Arbeit, und ist stolz darauf. Jedenfalls war sie neulich fast so ein bisschen überdreht, rief zuerst der anderen Kassierin zu, sie solle ihre Kasse aufmachen: Wissen Sie, der Mann kommt!, genau so, auf hochdeutsch, und kicherte: Wissen Sie, der Mann kommt. Dann bediente sie wieder den alten Mann, der bei ihr an der Reihe war, und er fragte: So, gehts gut, Frau Rechsteiner?, und sie sagte: Ja, klar, mir gehts doch immer gut!, und er sagte: Aber ohne Schätzeli, da kanns einem doch nicht so richtig gut gehen. Immer noch kein Schätzeli? Und sie lachte und sagte: Nein, nein, aber mir gehts trotzdem gut, wüssed Si! Und er sagte: Hat sich immer noch nichts ergeben? Kein Schätzeli? Und sie sagte: Nein, leider nicht, und dieses «leider» lag so blöd in der Luft, und ich wünschte mir, sie hätte das nicht gesagt, und ich glaube, sie auch. Der alte Mann sagte dann: Vielleicht bringt ja der Samichlaus eines? Und sie lachte und sagte: Jaja, das wär schön, aber das ist nicht wichtig, mir gehts auch so gut. Er sagte: Ich geh jetzt heim zum Mammeli, die freut sich, wenn ich heimkomme, ist ja schon schön, wenn sich jemand freut auf einen zu Hause. Die kennen Sie ja auch, meine Frau, oder? Und Frau

Rechsteiner sagte: Ja, die ist ja gar nicht mehr gut zu Fuss, hä? Dazu sagte der alte Mann nichts mehr und packte seine Milch und seine Guetzli in seine karierte Altmännertasche, und irgendwann: Ja, ja, also, en schöne Tag, gälled Si, Frä Rechsteiner! Und Frau Rechsteiner rief: Halt, wollen Sie keine Märkli?

— Meinst du, sie wollte ihn auch irgendwie persönlich erwischen, nachdem er ihr das «leider» entlockt hat?
— Habe ich mich auch gefragt.
— Willst du mal den Affen küssen? Du musst dich nur hinsetzen und so machen. Dann kommt er und küsst dich.

Sie hockt sich hin, sagt: Küssen, Affe? Na komm. Und macht die Rosette. Der Affe ist wach, er schläft nie richtig tief, er ist da wie ein Hund oder eine Katze. Der Affe wackelt zu ihr und küsst sie, sie wischt sich über den Mund. Er klettert ihr auf den Rücken, sie sagt, sie wolle nach der Pizza sehen, und geht in die Küche, und ich denke: Es sind gerade mal zwei Minuten vergangen, mit der Pizza ist überhaupt gar nichts. Sie scheppert in der Küche herum, macht Schränke auf und zu, Geschirr klirrt. Ich rufe: Was machst du eigentlich?

— Aufräumen.
— Nein, ich meine, sonst so.

Sie kommt wieder ins Wohnzimmer. Ein Küchentuch in der Hand, der Affe klammert sich an ihr fest. Ein rührendes Bild. In diesem Moment könnten wir wirklich eine glückliche kleine Familie sein.

— Ich studiere Modedesign.

Das erstaunt mich jetzt doch. Sie ist immer schlicht angezogen. Pulli, Hose, fertig. Nix: Ich trag ein Frotteetuch als Schal, schaut alle her. Oder: Wer sagt denn, dass man kurze Hosen nicht über langen Hosen tragen kann. Dieser pseudoexzentrische Scheiss. Nein, ich würde sagen, sie ist nicht mal besonders stilsicher angezogen, die Sachen passen irgendwie nicht zu ihr. Aber vielleicht ist das das gleiche Phänomen wie bei den Coiffeusen: Die haben ja auch immer die schrecklichsten Frisuren und die kaputtesten Haare.

— Und dein Geld verdienst du nur mit mir? Oder stecken die Eltern noch was zu.
— Nein, ich betreue auch noch eine behinderte Frau. Contergan.
— Und? Wer ist besser? Sie oder ich?
— Die Frau ist eine gemeine Zwetschge. Richtig fies. Und meine Vorgängerin hat mir erzählt, sie habe sie gezwungen, bei ihr im Bett zu schlafen. Sie hat so eine Stimme ... so zwergig. Wie ein hundsgemeiner Zwerg. Die geht durch Mark und Bein, die Stimme. Die Stimme ist wie zehn gesunde Arme und Beine zusammen. Manchmal spucke ich ihr ins Essen. Tolles Klischee, oder?

Ob sie mir auch ins Essen spuckt? Das wär was. Im Essen ist Pflegerinnenspucke und am Strohhalm Affenspucke. Mit mir kann mans ja machen. Ich frage lieber nicht.

— Nein, dir spucke ich nicht ins Essen.
— Nett von dir.

Der Ofen piepst, die Pizza ist fertig. Ich schalte schon mal den Fernseher ein. Ich habe keine Lust, wirklich etwas zu schauen mit ihr, möchte lieber noch ein bisschen reden, das Programm soll also bitte so schlecht sein, dass man ständig reden *muss*. «Fünf gegen Fünf» auf SF1 ist genau richtig.

Wir essen die Pizza. Sie schmeckt wie immer. Wir machen uns lustig über die Sendung und über die Menschen. Wir schauen noch einen Film und reden nicht mehr. Dann geht sie, es ist 20 Uhr und es ist mir recht.

Anna

Gott, wie ich diese «Fünf gegen Fünf»-Sendung hasse. Es geht ja darum, die häufigste Assoziation rauszufinden, das, was den meisten Menschen als Erstes in den Sinn kommt zu einer Frage oder einem Begriff. Ich musste feststellen: Ich bin unerträglich gut darin. Ich weiss die häufigste Antwort immer. Es ist überhaupt kein Problem für mich. Es ist einfach immer das, was mir zuerst in den Sinn kommt. Ich bin so etwas von durchschnittlich, ich bin die Mitte, ich bin das Volk, ich bin der Gemeinplatz, ich bin Herr und Frau Meili und die Pfupfschwestern und die Galööri Gäng aus Wädenswil und die ganze Schweiz, es ist zum Kotzen, ich hasse diese Sendung.

Ich will nach Hause und mich etwas hinlegen, bevor ich zu dieser WG-Party gehe. Seit neuestem bin ich süchtig nach: mich hinlegen. Ich möchte mich nur noch hinlegen. Ich nehme ein Buch, und noch bevor ich zwei Sätze gelesen hab, ist es mir schon ein erstes Mal aufs Gesicht gefallen und ich wache erschreckt auf. Und lese wieder einen Satz oder zwei, und dann fällt mir wieder das Buch aufs Gesicht und so weiter, bis ich es irgendwann weglege und einfach schlafe.

Ich kreuze die Frau, die ich an dieser Kreuzung immer kreuze. Ich sehe sie fast täglich, und wir laufen uns auch abends oft über den Weg, in Bars und in Clubs, und eine Weile lang haben wir uns gegrüsst auf der Kreuzung, aber jetzt nicht mehr. Sie trägt ihre Jeans immer so weit unten, dass die Unterhose rausschaut, ich finds ein bisschen infantil, sie ist bestimmt schon dreissig, aber irgendwie auch ziemlich süss.

Der Nachbar sitzt auf meinem Sofa, als ich nach Hause komme, das dachte ich mir schon fast.

Ich hab ihm vor etwa einem halben Jahr mal meinen Schlüssel gegeben, als ich für eine Woche weg war, damit er die Katze füttern konnte. Die Katze war tot, als ich zurückkam. Vom Auto überfahren. Seither geht der Nachbar bei mir ein und aus, er hat den Schlüssel nie zurückgegeben. Er geht ein und aus, wie die Katze ein und aus ging.

Ich setze mich zu ihm aufs Sofa und lackiere meine Nägel. Er schaut fern, irgendeine Wissenssendung. Ich lege mich hin, die Hände fein säuberlich vor der Brust gefaltet, damit der Lack trocknen kann, ich sehe wahrscheinlich aus wie tot. Wenn er da ist, muss ich nicht lesen, ich schlafe sofort ein, das Geräusch des Fernsehers und seine Gegenwart machen mich sehr ruhig. Normalerweise schlafe ich nicht gern vor anderen Leuten, es ist sogar fast eine Art Paranoia, ich träume oft, ich schliefe öffentlich, und das ist mir immer fürchterlich peinlich, aber bei ihm macht es mir nichts aus, im Gegenteil. Er beginnt, mich zu streicheln, wie eine Katze. Dann beginnt er mich zu streicheln wie eine Frau. Ich stelle mich schlafend. Er macht weiter. Seine Finger bahnen sich einen Weg unter meinen Pulli und unter den Pulli unter dem Pulli, jetzt sind sie auf meiner Haut, ich zucke und versuche das Zucken als Schlaf-Zucken zu verkaufen und seufze zur Sicherheit auch noch. Sollte ich noch ein bisschen schmatzen? Oder wär das zu karikiert. Ich lasse es. Er rückt ein bisschen näher zu mir heran, damit seine Hand meine Brüste erreichen kann, aber er streichelt noch immer meinen Bauch, es ist eine Frage von Sekunden, bis er es versucht. Da! Ich schlage seine Hand weg, will gerade versuchen, es als Schlafbewegung zu verkaufen, als mir einfällt, dass der Nagellack jetzt versaut ist. Ich fluche leise, gehe ins Bad und mache ihn weg.

Als ich zurückkomme, ist er weg.

Ich lege mich hin und stelle den Wecker meines Handys auf 23 Uhr, und ich weiss jetzt schon, wie das Spiel beim Aufwachen laufen wird: Der Wecker klingelt, ich drücke Snooze. Er klingelt, ich drücke Snooze. Klingeln, Snooze. Klingeln, Snooze. Genau so verblödet repetitiv wie das Einschlafen. Ich bin hellwach bei jedem Klingeln und könnte doch eigentlich einfach aufstehen und ärgere mich über mich, aber ich drücke trotzdem Snooze, immer wieder, Snooze, Snooze.

Wie es wohl wäre, mit dem Gelähmten an der Party aufzukreuzen? Er sieht ziemlich gut aus, im Gesicht. Dreitagebart, kernige Züge, verwegen. Er sieht aus wie ein Velokurier. Die Lähmung passt nicht zu ihm, wird auch nie zu ihm passen. Und darum wirkt sie schon fast wie ein exzentrisches Accessoire. Verdammt, ich müsste ihm das Bier einflössen.

Als ich aufstehe, ist es 23.30 Uhr. Als ich an die Party komme, ist es Mitternacht. Das ist eine gute Zeit, um an einer

Party aufzukreuzen. Ich gehe in die Küche, weil es da immer am lustigsten ist.

Ich trinke ziemlich schnell ziemlich viel, um die anderen einzuholen. Ich hole sie ein, und es wird wirklich ganz lustig. Ein paar beschliessen, Lebensmittel vom Balkon zu werfen, und tun es. Ich sage dem einen Mädchen, dass ich sie so hübsch finde, dass ich wirklich gern ein Foto von ihr hätte, und sie verspricht, mir eins zu geben. Dem einen Freund sage ich, dass ich, als ich etwa 13, 14 Jahre alt war, immer wenn ich masturbierte und kam, an ihn denken musste, obwohl ich ihn nie attraktiv fand, ganz im Gegenteil, keine Ahnung, aber ich sah immer sein Gesicht, wenn ich kam. Eine Bekannte erzählt mir, sie habe geträumt, ich hätte ihre Küche aufgeräumt und danach sei es ein Badezimmer gewesen. Ein Bekannter erzählt, er habe mal seinen Schwanz mit LE PARFAIT eingestrichen und ihn von der Katze sauberlecken lassen. Ich sage zu der Frau von der Kreuzung, Hallo, ich bin die Anna, und sie sagt, Hallo, ich bin die Susan, und ich sage ihr, dass es mich irritiert, dass wir uns immer kreuzen und nicht mehr grüssen, wie auch schon, und dass ich es begrüssen würde, wenn wir uns wieder grüssen würden. Sie lacht und sagt: Sie auch. Die zwei, die endlich mal zusammenkommen mussten, kommen endlich zusammen, und wir sind alle gerührt. Wir reden in Reimen. Wir verraten uns unsere peinlichsten Lieblingslieder und spielen sie, jeder hat seine peinlichsten Lieblingslieder auf dem iPod, manche sogar als anderen Titel getarnt. Wir versprechen uns irgendwelche Sachen. Jemand schläft auf dem Le Corbusier-Imitat.

Als ich nach Hause gehe, ist es 5 Uhr morgens, und die Stadt ist still und leer und irgendwie feierlich. Mein Fahrrad ist nicht mehr da, wo ichs abgestellt hab. Also laufe ich und höre Musik und drehe mich alle paar Sekunden um, weil ich das Gefühl habe, jemand verfolge mich.

Zuhause liegt der Nachbar in meinem Bett. Lustig: Ich werde sozusagen von vorne verfolgt. Er schnarcht. Ich lege mich zu ihm, er schwitzt, als ich meine kalten Füsse zwischen seine stecke, zuckt und seufzt er, aber ich glaube, er schläft wirklich. Wie es sein mag, mit dem Gelähmten zu kuscheln? Ich wünschte, es gäbe ein besseres Wort als kuscheln. Kuscheln ist widerlich. Wie das wohl wäre für ihn? Ob das Wissen um Kuscheln reicht für Kuscheln? Kann Kuscheln auch nur im Kopf stattfinden?

Ich bin betrunken. Morgen wird schlimm, ich weiss jetzt schon, wie morgen wird. Es wird mir schlecht gehen, und ich werde die besoffenen Gespräche von heute abend wieder und wieder und wieder in meinem Kopf nachspielen, und ich werde nichts dagegen tun können, genauso wenig, wie ich jetzt etwas dagegen tun kann, dass es schon anfängt. Was habe ich zu dem gesagt? Habe ich das wirklich gesagt? Vielleicht hat er es sofort wieder vergessen, blau wie er war. Hat sie es auch gehört? Bereut sie es, dass sie mir das gesagt hat? Weiss sie noch, dass sie mir das gesagt hat? Sollte ich so tun, als hätte sie das nie gesagt? Warum hab ich das gesagt? Stimmt doch gar nicht! Stimmt vielleicht das, was er gesagt hat, auch nicht?

Es sind unwichtige Sachen, aber dafür viele.

Ich bin froh, dass ich morgen Abend arbeiten muss und nicht ausgehen.

Als ich aufwache, liegt der Nachbar neben mir und liest eines meiner Bücher. Er ist ziemlich weit, etwa in der Mitte, und ich frage mich, ob er schon so lange wach ist oder ob er schon länger dieses Buch liest, immer wenn er bei mir ist. Er sagt: Guten Morgen.

— Morgen.

Ich untersuche mein Befinden. Vorsichtig. Erst mal ruhig daliegen und fühlen, ob irgendetwas einfach so wehtut, ob da irgendwo Schmerzen sind. Zigarettenbrandwunden, sonstige Verletzungen? Nein, nichts. Den Kopf bewegen, ein paar Mal hin und her: Oh ja, Kopfweh.

— Kopfweh?

— Oh ja.

Ich stehe auf. Draussen ist es dunkel, vielleicht schon wieder. Vielleicht ist das Wetter auch einfach so schlecht, dass es gar nie richtig Tag wird. Ich werde mich nachher dafür interessieren. Ich schaue die Lebensmittel im Kühlschrank an. Der Nachbar rumort im Bad, kommt dann, streckt mir mein Zahnglas entgegen, darin sprudelt mein Aspirin, winzig kleine Tröpfchen spritzen auf meine Hand, es zischt. Mir gehts wirklich schlecht, mein Kopf dröhnt, mein Magen ist flau, aber ich bin irgendwie fröhlich. Ich habe Lust zu lachen. Ich glaube, ich freue mich auf irgendetwas, aber ich weiss nicht, worauf. Oder es ist etwas Erfreuliches passiert, aber ich weiss nicht mehr, was. Ich habe Angst, herauszufinden, dass es gar nicht so ist.

Ich habe Lust, Louise anzurufen und ein paar Minuten mit ihr am Telefon herumzustöhnen, uns ein paar peinliche Sachen der letzten Nacht zu erzählen, uns einige Male für saublöd zu erklären und leidend zu kichern, das MURATTI-Kichern, nachdem man viel zu viel geraucht hat, das so kaputt klingt, dass man über das Kichern kichern muss. Aber Louise ist weg.

Der Nachbar hat sich neben mich gestellt und schaut jetzt auch in den Kühlschrank.

— Da sind Eier, sagt er.

— Ich hab noch eine Packung Rösti. Dort: altes Brot.
— Käse?
— Ja. Da.
— Eine Art Brot-Tortilla vielleicht. Und dann noch ein Spiegelei dazu.
— Ich habe noch Sardellen. Meinst du, die könnte man auch einarbeiten? Ich hab Lust auf Sardellen.
— Eine Brot-Tortilla mit Käse, Sardellen und Kapern und ein Spiegelei obendrauf.
— So machen wirs.

Eigentlich macht er alles. Er schneidet und reibt und knetet. Ich versuche währendessen Kaffee zu kochen und muss dafür erst die italienische Schraub-Koch-Druck-Kaffeemaschine putzen, meine Güte, gibt es eine Bezeichnung für solche Maschinen? Die Abwaschbürste passt nicht zwischen das Ding, das in der Mitte aufragt, dieses Rohr, die Düse, wo der Kaffee rauskommt, und die Aussenwand, ach verdammt, gibt es wirklich Namen für diese Sachen? Ich versuche es trotzdem sehr lange. Alles so anstrengend mit einem Kater. So langsam. Das Wasser ist viel zu heiss zum Abwaschen, ich verbrenne mich zwei, drei Mal, ich muss lachen, es tut weh, aber ich mache es auch nicht kälter, vielleicht weil ich denke, sonst wirds nicht sauber, keine Ahnung. Ein Kater macht die einfachsten Dinge zu verdammten Denksportaufgaben.

Die Brot-Tortilla schmeckt gut. Wir essen sie im Wohnzimmer vor dem Fernseher. Danach lege ich mich noch mal ins Bett, als ich aufwache, ist der Nachbar weg.

Ich weiss eigentlich nichts über den Nachbarn, und das ist gut so. Ehrlich gesagt: Ich mag ihn nicht besonders. Wenn man einen Pickel auf der Nase hat und sich Mühe gibt, ihn mit Make-up zu überdecken, dann sagt er: Man sieht deinen Pickel immer noch, obwohl du dir Mühe gegeben hast, ihn zu überdecken. So einer ist der. Aber auch nett, manchmal, und dann wertet man das ja gleich viel höher als bei Menschen, die immer nett sind. Bescheuert, das.

Ich muss mich langsam hübsch machen für die Arbeit. Duschen. Haare waschen. Haarpflege drauf. Gesichtspeeling. Rasieren. Eincremen. Gesichtswasser. Gesichtscreme. Augenbrauen zupfen. Lidstrich. Lidschatten. Wimperntusche. Make-up. Wangenrouge. Das Zeug, damit die Haare sich leichter kämmen lassen. Haare kämmen. Haare föhnen. Ich mag meine Sammlung an Utensilien für mein Aussehen. Anziehen: Unterhosen. Halterlose Strümpfe. Kein BH. Kleid. Schuhe. Mantel. Ich bin fertig. Ich schaue noch mal auf dem Stadtplan im Internet, wo ich hinmuss: Gleich neben der Uni. Bestimmt eine schöne Altbauwohnung, viele Bücher, dunkler Holztisch, Rotwein.

Der alte Kunde, der mir diesen neuen Kunden vermittelt hat, erzählte mir, sie seien seit der Studienzeit befreundet. Sie waren auch zusammen politisch aktiv, damals, der Freund sei immer noch ein alter Linker, während er, der alte Kunde, inzwischen einiges anders sehe, das passiere zwangsläufig, wenn man eine eigene Firma habe, aber der Freund sei ja immer noch an der Uni, sozusagen, natürlich, in einer anderen Position, natürlich, viel älter, natürlich, in einer anderen finanziellen Lage, aber man merke halt, dass er sich nicht auf die gleiche Art mit der Welt auseinander setzen müsse wie er.

Der alte Kunde ist so etwas wie meine Homebase. Von ihm habe ich bisher die meisten Vermittlungen gekriegt. Ich treffe ihn etwa einmal im Monat, und das schon seit einem Jahr. Kennen gelernt haben wir uns in der Lobby des HYATT, wo ich ab und zu Kaffee trinke, weil ich gern reiche Menschen beobachte. Ich freue mich immer ganz besonders, wenn die reichen Menschen ihre reichen kleinen Kinder dabei haben. Jungs, die schon mit fünf irgendwie weltgewandt aussehen und auch ein bisschen arrogant.

Er fragte, ob er sich zu mir setzen dürfe, weil sonst nichts mehr frei war. Er bestellte einen Espresso. Dann packte er eine Ledermappe aus und begann Unterlagen zu lesen und Notizen zu machen. Er telefonierte auf Französisch. Dann fragte er: Haben Sie heute Abend Zeit? Ich sagte: Ja, ich verstand sofort, was er meinte. Er riss eine Ecke aus seinem Terminplaner, den er offensichtlich vorher schon geschrieben hatte, darauf stand eine Adresse und 21 Uhr.

Ich wurde ganz aufgeregt, als ich herausfand, dass die Adresse tatsächlich das Gebäude der neuen Börse ist, da wollte ich schon immer mal rein. Die Wohnung war noch schöner, als ich sie mir vorgestellt hatte, die Wohnung allein machte den Sex sehr einfach.

Als er mich bezahlte, war es ziemlich genau das Doppelte von dem, was ich mir vorgestellt hatte.

Seine Frau hat ihn verlassen, Knall auf Fall, ist mit einem Jüngeren durchgebrannt, nach Brasilien, sie hat alle ihre Sachen dagelassen. Ab und zu darf ich mir etwas aussuchen. Kleider, auch Schmuck. Ich muss keine Angst haben, irgendwann einer Frau gegenüberzustehen, die sagt: Das ist doch mein Pulli. Sie ist ja weit weg. Die Sachen gefallen mir nicht besonders, aber ich mag ihre Geschichte. Ich bin übrigens entschieden auf der Seite meines Kunden. Er ist wirklich nett, es gibt bestimmt keinen Grund, einfach so abzuhauen, aber mir solls recht sein.

Als ich die eine Woche weg war, als meine Katze gestorben ist, war ich auf Geschäftsreise mit ihm in Dubai. Ich habe den Ring, den er mir dort auf dem Goldmarkt gekauft hat, der Katze ins Maul gesteckt, als wir sie in der Bäckeranlage begruben. Der Nachbar hat sie in der Tiefkühltruhe aufbewahrt, eingewickelt in das Schaffell, auf dem sie immer schlief, in einem H&M-Sack. Es tut mir leid, dass ich sie nicht gestreichelt hab an ihrem letzten Tag.

Als ich den alten Kunden fragte, wie der Freund denn aussehe, den ich heute Abend besuche, lächelte er, irgendwie verlegen, begann dann mit der Beschreibung seiner Grösse, ziemlich gross, fast zwei Meter. Schlank. Noch alle Haare, ein bisschen grau. Brille. Was für eine Brille? Er musste nachdenken. Randlos, entschied er. Gut angezogen, nicht weltmännisch, mehr so … intellektuell halt. Ich fragte ihn, was er unter intellektueller Kleidung verstehe. Er sagte: Cordhosen und ein Hemd unter einem Pulli. Er wirke im ersten Moment etwas gehemmt, etwas steif, aber das sei er gar nicht, im Gegenteil, er kenne kaum jemanden, der einen dreckigeren Humor habe als der Freund.

Ich mag es, wenn die Männer über ihre Freunde und Bekannten reden. Ich lasse sie mir immer ganz genau erklären. Es ist auch sehr erstaunlich, wie viel die Männer über den Penis ihrer besten Freunde wissen, von der Sauna oder vom Duschen nach dem Squash oder keine Ahnung, vielleicht zeigen sie sie sich auch sonst einfach ab und zu, studieren sie zusammen. Ich habe schon detaillierteste Beschreibungen gekriegt und sie trafen immer zu.

Manchmal lehne ich auch ab. Einer wollte mich an seinen Sohn vermitteln, als Geburtstagsgeschenk, in der Hoffnung, diesen dadurch von seiner Freundin zu lösen, die er schon seit dreizehn Jahren hat, die der Vater nicht mag, keine Ahnung warum, aber er hoffte also, dass der treue, treue, naiv liebende Sohn durch Sex mit mir auf den Geschmack kommen und öfter mal fremdgehen und so vielleicht eine bessere kennenlernen und die alte Freundin verlassen könnte. Damit hätte ich ja an sich kein Problem gehabt, aber ich lehnte ab, weil ich das Gefühl hatte, der Vater wolle das Ding auffliegen lassen, also irgendwie organisieren, dass die Freundin genau in dem Moment, wo ich beim Sohn auf Besuch bin, zu Hause auftaucht, und es hätte ein Riesengeschrei gegeben, und das will ich nicht.

Einen habe ich abgelehnt, weil er in der gleichen Firma arbeitet wie mein Vater.

Einen habe ich abgelehnt, weil er schrecklich viele Rechtschreibfehler macht und einen grausigen Schreibstil hat. Als ich ihn googelte, fand ich einen Chat, wo er sich über Krankenkassenprämien aufregt.

Einen habe ich abgelehnt, weil am Küchenfenster diese durchsichtigen, mit einer Art Leim gemalten Bilder klebten. Eine blaue Giraffe und eine Blume. Diese Muttertagsgrüsse aus dem Kindergarten.

Ich habe noch nie schlechte Erfahrungen gemacht. Wenn ich mich mit einem treffe, weiss ich genug über ihn, um mir ein ziemlich genaues Bild zu machen. Und ich weiss meist sogar noch etwas mehr, und weil die Männer das auch wissen, und weil wir ja schlussendlich so etwas wie einen exklusiven Zirkel, einen intimen Club bilden, kommen wir gut klar.

Es hat mich anfangs schon ein wenig erstaunt, dass Männer untereinander offensichtlich so oft und so offen über ihre Nuttengewohnheiten reden. Und dass sie ihre Nutten gern teilen. Einer hat mir gesagt, er finde den Gedanken, die gleiche Frau zu vögeln wie sein bester Freund, ganz besonders aufregend, und sie unterhielten sich oft über mich. Ich hab mich gefreut, als er das gesagt hat.

Ich mag es, im Tram ganz vorne, hinter der Führerkabine zu stehen. Es ist eines meiner Lieblingsbilder von Geborgenheit: Ein Tramführer mit Thermoskanne in der warmen kleinen Kabine, draussen schneits, das Tram bahnt sich seinen Weg durch die Stadt. Jetzt regnet es nur, aber es ist doch verdammt kalt. Jedesmal, wenn die Tür aufgeht, halte ich die Luft an und plustere mich auf wie ein Vogel, in der Hoffnung, dass die Kälte so nicht in mich reinkriechen kann.

Eine Frau steigt ein, von der ich weiss, dass sie an einer Party in einem besetzten Haus mal Sex in einem Pool hatte. Ausserdem hatte sie was mit einem Typen, mit dem Louise mal was hatte. Inzwischen hat sie ein Baby; bei der nächsten Station helfe ich ihr, den BUGABOO-Kinderwagen aus dem Tram zu hieven. Vom Vögeln an der Squat-Party zum 1000-Franken-Kinderwagen. Schon lustig, das.

Als der neue Kunde die Tür öffnet, trägt er keine Brille, aber auf seinem Nasenrücken sind Abdrücke, ansonsten enspricht er genau dem, was ich mir anhand der Beschreibung des alten Kunden vorgestellt habe. Ich sage Guten Abend, er bittet mich rein, wir trinken ein Glas Wein, er bietet mir das Du an, wir reden ein bisschen, er kann wirklich ganz schön zotig sein, aber dann auch wieder todernst und trocken, und er macht vorsichtige, gewählte Sätze, ich setze mich auf ihn drauf, wir küssen uns, ich ziehe ihm den Pulli aus und knöpfe sein Hemd auf, und es erstaunt mich so, festzustellen, dass er ziemlich trainiert ist, dass ich fast ein bisschen wegzucke, und dann muss ich lachen, weil es mich an Ned Flanders von den Simpsons erinnert, der ja unter dem religiösen Spiessbürger auch einen Wahnsinnskörper hat, er fragt mich, warum ich lache, und ich erzähle es ihm, und er lacht auch und sagt Hidely hodely, was ich ein bisschen doof finde, er trägt mich ins Schlafzimmer, wir haben Sex, wir trinken noch ein Glas Wein, ich schaue sein Büchergestell an und frage, ob ich «Auf der Suche nach der verlorenen Zeit» ausleihen kann. Er sagt ja, und dass ich mich melden soll, wenn ich mit dem ersten Band fertig sei.

Zur Autorin: Michèle Roten, 1979, schreibt seit 2005 die Kolumne «Miss Universum» in der Samstagsbeilage DAS MAGAZIN. Sie arbeitet ausserdem freischaffend für diverse deutsche Zeitschriften. Unter anderem war sie Redakteurin bei der 20-Jahre-Jubiläumsausgabe von TEMPO. Ihr Studium der Germanistik an der Universität Zürich ist *#œ§***#%@&°* voraussichtlich im Herbst 2008 abgeschlossen.

Dank: An alle und Dich.

1. Auflage, Dezember 2007

ISBN 978-3-905800-09-8

Autorin: Michèle Roten
Illustration: Benjamin Güdel
Gestaltung: Müller+Hess, Basel
Korrektorat: Edgar Haberthür
Druck: Ebner & Spiegel, Ulm

www.echtzeit.ch

Michèle Roten

Zwei

Erscheint am 16. Februar 2008

In «Zwei» macht es Herr Oberholzer vielleicht wie Diogenes und hält einfach die Luft an. — Vielleicht wird Anna von Herrn Oberholzers Vater schwanger. — Vielleicht führt der Nachbar ja Böses im Schilde. — Vielleicht wird eine neue Figur eingeführt, und die sieht aus wie Du. — Oder sie erlebt genau die unglaubliche Geschichte, die Dir jemand mal im Vertrauen erzählt hat. — Mensch! Keine Ahnung, das Ding ist noch nicht geschrieben!

einsbissechs@micheleroten.ch

Eins

ISBN 978-3-905800-09-8

«Eins» ist erhältlich in guten Buchhandlungen, direkt bei www.echtzeit.ch oder in ausgewählten Bars in Basel, Bern und Zürich:

Acqua — Binningerstrasse 14, 4051 Basel
Angry Monk — Theaterstrasse 7, 4051 Basel
Cargo Bar — St. Johanns-Rheinweg 46, 4056 Basel
Eoipso — Dornacherstrasse 192, 4053 Basel
KaBar — Klybeckstrasse 1b, 4057 Basel

Café Bar Parterre — Hallerstrasse 1, 3012 Bern
Café Kairo — Dammweg 43, 3013 Bern
Cinebar — Bollwerk 21, 3011 Bern
Restaurant Du Nord — Lorrainestrasse 2, 3013 Bern

Café Casablanca — Langstrasse 62, 8004 Zürich
Kafischnaps — Kornhausstrasse 57, 8037 Zürich
Les Halles — Pfingstweidstrasse 6, 8005 Zürich
Restaurant Josef — Gasometerstrasse 24, 8005 Zürich
Riffraff — Neugasse 63, 8005 Zürich
Totalbar — Tellstrasse 19, 8004 Zürich